ESSAIS,

OPUSCULES DIVERS

238620

D'A. J. CARBONELL.

« Beaux arts , divins objets de ma première ivresse,
« Vous serez mon dernier amour. »
Page 10.

PERPIGNAN,

Chez Tastu père et fils, imprimeur du ROI, de S. A. R. Mgr.
LE DUC D'ANGOULÊME, et de la Préfecture.

1817.

AU LECTEUR.

Depuis long-temps on ne lit plus de Préfaces, je n'en ferai donc pas... Je ne défendrai point mes vers ; ils doivent se défendre eux-mêmes, se faire lire ou tomber dans l'oubli.... Dire tout simplement pourquoi je forme aujourd'hui ce recueil, c'est tout ce que je veux, et peu de mots suffisent.

Je ne songeais point à faire un livre, j'en ai fait un cependant, et je ne donne ici qu'une petite partie de l'ouvrage. Sans former d'ambitieux projets, sans me livrer à de folles espérances, je jetais sur le papier, dans mes instans de loisir, quelques lignes, quelques vers, que je voulais garder pour moi, pour mon enfant. Plusieurs de ces bagatelles circulèrent ; quelques-unes, à mon insçu, parurent imprimées par les soins d'un ami trop prévenu en leur faveur ; d'autres virent le jour avec mon consentement ; et quelques-unes enfin, par mes soins mêmes. Je remarquai bientôt, dans ces morceaux imprimés, les défauts que je n'avais point aperçus dans les manuscrits ; je retouchai, je corrigeai ces compositions, et je les rassemble aujourd'hui telles que j'eusse voulu *les faire paraître d'abord, c'est-à-dire, moins imparfaites.*

Si la plus grande partie des pièces qui le composent n'avaient déjà vu le jour, je ne formerais point ce recueil. En attendant l'époque où je le présenterai au public, avec mes autres ouvrages, je l'adresse à mes amis; ils y verront l'usage que j'ai fait de leurs conseils; ils y verront la preuve de ma docilité qui encouragera sans doute leur franchise, et me vaudra, de leur part, de nouvelles observations dont je ferai mon profit.

Perpignan, 1.er Mai 1817.

Nota. Les pièces marquées de ce signe *, ont été insérées dans le Journal du département.

OPUSCULES DIVERS

D'A. J. CARBONELL.

LES BEAUX-ARTS.

Poëme lyrique.

(Ce poëme parut en 1811 dans le *Petit Almanach dédié aux Dames.* Mon ouvrage, que la Gazette de France rangea parmi les morceaux qu'on pourrait voir avec quelque intérêt dans le recueil dont il faisait partie, était alors bien imparfait. Je n'y disais rien de l'architecture ; je n'y parlais point de l'éloquence... J'ai supprimé des choses inutiles, j'ai ajouté des choses nécessaires ; je n'ai rien négligé pour rendre l'ouvrage meilleur.)

Vous qui charmez notre existence,
    Sources fécondes de plaisir ;
Vous qui semiez de fleurs les jours de mon enfance,
Qui, dans l'âge brûlant qu'aveugle le désir,
De mon cœur agité trompiez l'impatience
    Et sauviez sa jeune imprudence
    Des voluptés que suit le repentir ;
    Heureux appuis de la frêle innocence,
Aimables enchanteurs, vous qui savez offrir
    A chaque instant nouvelle jouissance
      Dont elle n'a point à rougir,
O mon plus doux besoin, ô Beaux-arts, que j'encense,
    Vous aurez mon dernier soupir !

Sans vous, l'homme languit exilé sur la terre :
Semblable à la fleur éphémère,
Trois rapides instans, naître, passer, mourir,
Remplissent sa triste carrière.
La tombe avare attend, réclame la poussière,
Et l'homme disparaît, ombre vaine et légère,
Sans laisser aucun souvenir...

Sous le poids du malheur, abattue et flétrie,
Sans vous l'âme succombe à l'excès de ses maux;
Faites briller vos célestes flambeaux,
Arts divins, enchantez les peines de la vie!...
Toi qui te sens brûler des flammes du génie,
Accours! Vois ces crayons, ces lyres, ces pinceaux;
Hâte-toi! le temps fuit! laisse gronder l'envie;
Vole aux siècles futurs! triomphe des tombeaux!

Enfant grossier de la nature,
Sans arts, sans asile, sans lois,
Jadis errant à l'aventure,
L'homme disputait la pâture
Au peuple farouche des bois.
Il épia l'ours solitaire,
Il exila de son repaire
Ce morne habitant du rocher;
Armé d'une impuissante rage,
A son tour, de l'antre sauvage,
Mourant, il se vit arracher.

Sous leurs abris, confidens du mystère,
Les bosquets appelaient l'amour;
Près de leur ombre hospitalière,

Un doux besoin qui les eclaire
Montre aux humains un plus heureux séjour,
Et de la rustique chaumière
Ils ont façonné le contour.
Dépouillés de leur vaste ombrage,
Le chêne vigoureux, les robustes ormeaux,
Contre les vents, contre l'orage,
Ont affermi ses angles inégaux ;
Frêle rempart, l'osier flexible
S'entrelace, s'élève, et l'enceinte paisible
Se couvre d'un toit de roseaux.

Telle d'un art fameux fut la débile enfance ;
Mais du génie ardent que le succès élance
Quel pouvoir bornera l'essor ambitieux ?
Arraché du flanc des montagnes,
Déjà dans le sein des campagnes
Tombe et roule à grand bruit le rocher sourcilleux ;
Arrondi par le fer, il s'alonge en colonne ;
Élégant chapiteau, l'acanthe le couronne ;
Volute, il roule et fuit ; fronton majestueux,
Il s'étend, se déploie et monte vers les cieux ;
Partout je vois s'unir la sagesse à l'audace,
L'élégance à la pompe et la force à la grâce :
De ces dômes altiers le superbe contour
Des maîtres de la terre ombrage le séjour ;
Plus loin sommeillera leur royale poussière ;
Ici, d'un pur encens fumeront les autels,
Et d'amour et de paix heureuse messagère,
Vers l'Olympe sacré montera la prière
Qui désarme les immortels.

1 *

Marbres , animez-vous , un nouveau Dieu l'ordonne;
Le génie a parlé , marbres , animez-vous !...
    D'un bloc informe un Dieu s'élance et tonne ,
        La main qui le créa s'étonne ,
        Et l'univers est à genoux...

    Que vois-je ? Quels objets ! quelle heureuse imposture
        Séduit et mes yeux et mon cœur !
    Quel art savant, rival de la nature ,
Sur la toile insensible imprima la douleur ,
Fit pleurer les remords et frémir la fureur ,
        Et de l'âme innocente et pure
Sut retracer la paix et le calme enchanteur ?...
        Art sublime !... Trois fois honneur
        Aux miracles de la peinture !!

    Que de grandeur , ô Dieux , et quelle vérité !
Du cœur en chaque trait l'expression brûlante ,
L'éclair du sentiment sur la toile arrêté
Frappe , saisit , émeut ;... l'oreille impatiente
        Ecoute, attend,... et le cœur agité
Tour à tour s'attendrit , s'irrite ou s'épouvante ,
        Ou s'enivre de volupté...

    Laissez-moi m'enfoncer sous ces vastes ombrages ,
Fouler ces verts gazons , errer sous ces berceaux ;
        Laissez-moi, dans l'azur des eaux
Admirer ce beau ciel, contempler ces nuages ,
Ces voiles argentés , ces mobiles rideaux
Qu'on voit, au gré des vents, sur ces frais paysages,
        Sur le penchant de ces coteaux
Dessiner , promener de bizarres images ;

Laissez-moi m'embaumer de l'esprit de ces fleurs
Que berce des zéphirs l'haleine caressante ;
Sur le sein parfumé de la rose naissante
Voyez-vous du matin briller, trembler les pleurs ?
O douce illusion ! une plane surface
      Qu'un seul regard mesure, embrasse,
    Trompe mon œil et fait douter ma main ;...
J'y vois la profondeur ; je vole dans l'espace,
Et mon œil étonné se fatigue, se lasse
A poursuivre l'objet dans un vague lointain...

      Quel prodige nouveau m'appelle ?
Quels sons victorieux ! Quels magiques accens !
     Pourquoi ces glaives menaçans ?
Guerriers, quelle fureur en vos yeux étincelle ?
    Eh bien ! volons tous aux combats !...
Quoi ! vos tremblantes mains laissent tomber les armes ?
Vous soupirez ! vos yeux se sont mouillés de larmes ?
Quel pouvoir a dompté ces invincibles bras ?
Art divin de Linus, le pouvoir de tes charmes !...
Tout obéit, tout cède à ton enchantement,
Il allume, il éteint ces superbes courages :
    Tel d'un regard le maître du trident
     Soulève, irrite, appaise les orages...
Les lyres cependant ont cessé de frémir,
Et leurs sons languissans, et le dernier soupir,
Cet amoureux soupir de la flûte plaintive,
Que disperse dans l'air l'haleine du zéphir,
Expirent,... et l'oreille est encore attentive...
Tel, à peine affranchi des voiles du sommeil,

D'un songe séducteur qu'emporte le réveil,
Mon œil poursuit encor l'image fugitive.

Eh! quelle âme rebelle à tes charmes vainqueurs
N'éprouva quelquefois ta douce violence,
Bel art?... Plus grande encor, la puissante éloquence,
Reine des passions, bouleverse les cœurs.
    Foudre brûlant, elle embrase, dévore :
    Tel et moins prompt, des rives de l'aurore
    Vole l'éclair aux rives du couchant ;
    Fleuve rapide, impétueux torrent,
    Elle ravage, elle entraîne, elle inonde ;
    C'est l'océan qui s'irrite, qui gronde,
    C'est le ruisseau qui roule en murmurant
    Sous les gazons qu'il abreuve et féconde ;
    C'est de l'Etna le vaste embrasement,
    C'est Démosthène !... A la patrie en larmes
Il inspire son âme ; Athène vole aux armes,
Athène a retrouvé son antique valeur !
    Effroi du crime, appui de l'innocence,
    C'est Tullius, c'est l'ami du malheur
Dans l'âme de César éteignant la vengeance.

    Mais qui peut résister à tes attraits touchans,
    Fille du Ciel, divine poësie ?
Des antiques forêts sauvages habitans,
Les humains étonnés volent à tes accens,
Et te doivent des mœurs, des lois, une patrie...
    Thèbes s'élève au doux bruit de tes chants ;
    A tes accords, à ta douce harmonie,
    L'enfer vaincu dépose sa furie,

Cerbère a suspendu ses triples hurlemens ;
Eurydice a touché les portes de la vie!!...
Tout respire et se meut dans tes tableaux savans ;
   O poësie! (étonnante merveille)!
Un son parle à mes yeux, il peint à mon oreille ;
   Et tout jouit et mon cœur et mes sens...

  Les cieux sont ébranlés , la foudre les sillonne ;
Les vents sifflent, la mer s'enfle, gronde, bouillonne,
Les airs ont prolongé ses longs mugissemens.
L'un sur l'autre entassés , au séjour du tonnerre
Ces flots audacieux vont-ils porter la guerre?
      Veulent-ils de la terre
      Sapper les fondemens,
Et par son centre ouvert, aux mânes frémissans
  Faire briller une affreuse lumière?

    De ses accens, la trompette guerrière
A frappé les échos; l'impitoyable Mars
Apprête ses fureurs, mille rapides chars
Elèvent jusqu'aux cieux un torrent de poussière ;
La mort, l'affreuse mort, vole de rang en rang ,
De l'homicide acier de longs éclairs jaillissent ,
La Victoire incertaine en des fleuves de sang
    Se baigne ,... les astres pâlissent...

  Dans les airs ébranlés , le maître des humains
    Trois fois fait rouler son tonnerre ;
De l'olympe muet les regards incertains
Montent jusques à lui , descendent sur la terre ;
Le destin va parler... L'arbitre des combats
    Lève la fatale balance ,

Pèse les nations, la vie et le trépas,...
Et l'univers attend dans un morne silence...

    O toi, l'honneur du double mont,
O toi qui *de Vénus dérobas la ceinture !*
    Sublime effort de la nature,
    Grand Homère ! gloire à ton nom !!!
Il règne sur les temps, il brave leurs outrages !
Tu domines, vainqueur, sur le gouffre des âges,
Le génie indompté t'apporte ses hommages,
Et s'élance guidé par ton sacré flambeau !
    Phare éternel, dirige mon vaisseau
    Sur une mer trop féconde en orages !

  De quels nouveaux transports mon cœur est agité !
    Quels sons si doux ont coulé de ma lyre !
    Nymphes, venez ! c'est l'amour qui m'inspire ;
    Je redirai ses langueurs, son délire,
    Je chanterai l'amour et la beauté :
    J'ose... Silence !.... Anacréon soupire...

    Viens, Lycoris ; le front paré de fleurs,
Verse-lui le nectar, verse dans tous les cœurs
    L'amour et sa brûlante ivresse !
Forme, nouvelle Hébé, des pas voluptueux ;
    Que l'ébène de tes cheveux
Sur ton sein palpitant se joue avec mollesse,
    Nouvelle Hébé, sois la déesse
    Que l'on adore dans ces lieux !
    Dans tes bras, jeune enchanteresse,
Enlace des plaisirs le chantre gracieux,
    Redis ses vers, ces vers délicieux,

Enfans chéris de sa douce paresse ;
Et vous , Grâces , Amours , répétez ces accens !
Je ne le puis..... Ma voix s'affaiblit...... Elle expire.....
Un nuage s'étend sur ma vue ,..... et la lyre
   Echappe à mes doigts frémissans....

 Où suis-je ? où volez-vous , intrépide jeunesse ?
Quels accens belliqueux viennent de retentir ?
Femmes, enfans, vieillards, tout accourt, tout s'empresse ;
   Dans tous les cœurs est l'allégresse ,
  Dans tous les yeux respire le plaisir !.....
Les belles , les héros ont bordé la carrière ;
La trompette a sonné : déjà de la barrière
S'élancent comme un trait les chars impétueux ;
Moins rapide est l'éclair ! Une noble poussière
S'élève et s'épaissit , et les dérobe aux yeux :
Sous ces orbes roulans sur leurs brûlans essieux
   Je sens trembler , frémir la terre....
Mais soudain quels transports ! quels cris tumultueux !
« Gloire, gloire au vainqueur ! » Les palmes solennelles
  Ont couronné son front audacieux :
Pindares , préparez vos chansons immortelles !
   Aigle de Thèbes , sur tes aîles
   Porte le vainqueur jusqu'aux cieux !

   Triomphe, auguste Poësie !
 Tout obéit à tes divins accords ;
   Oui, de l'olympe aux sombres bords
   Tout cède à ta douce magie !
Triomphe ! les Vertus s'honorent de tes chants ! ...
Indomptables Héros , jusqu'au bout de la terre

Portez vos glaives foudroyans ;
Vos lauriers passeront comme votre tonnerre.
Il vous faut des Pindare , un Virgile , un Homère ,...
Soyez dignes de leurs accens !!!

Nouveaux Zeuxis, nouveaux Apelles ,
Modernes Phidias , disciples de Linus ,
Ceignez de palmes immortelles
Le front modeste des Vertus !
Fixez leurs traits , chantez leur gloire ,
Créez pour l'avenir leurs dignes héritiers !
Gravez des noms sacrés au temple de mémoire ;
Enfantez des vertus en semant des lauriers !
Et vous , premier besoin de ma vive jeunesse,
Beaux arts, jusques aux jours de ma froide vieillesse
De vos illusions bercez-moi tour-à-tour ,
Beaux Arts , divins objets de ma première ivresse ,
Vous serez mon dernier amour !

ENVOI DU POEME
*A M. de K*****.

———————

POETE aimable, auteur ingénieux,
Amant aimé des neuf Sœurs immortelles;
  Vous dont le luth harmonieux
  Célèbre l'amour et les belles;
  Un moment suspendez vos jeux,
  Aimable auteur, jettez les yeux
  Sur mes modestes bagatelles.
Pour soutenir mon vol ambitieux
Si j'avais eu le secours de vos aîles;
  Du front je toucherais les cieux!
  Des chastes Filles de mémoire
J'ose chanter les amans fortunés;
Faible poëte, aux lauriers de la gloire
J'osai prétendre,..... et vous les moissonnez.....

NOTES.

Page 4, vers 3 : *D'un bloc informe un Dieu s'élance et tonne.*—
Allusion au Jupiter de Phidias.

Page 6, vers 18 : *Athène a retrouvé son antique valeur.*

C'est beaucoup dire, sans doute ; Athènes n'était plus Athènes à
cette époque, je ne l'ignore pas. Le luxe, la mollesse avaient tout
corrompu ; le plaisir était l'unique affaire ; gloire, patriotisme
n'étaient presque plus que des mots. L'orateur ne pouvait guère
allumer qu'un feu passager ; il l'alluma en effet, il fit marcher au
secours d'Olynthe, il donna plus d'une fois à l'ambitieux Philippe
de vives inquiétudes, et c'est assez pour justifier le vers qui est
l'objet de cette note. Jamais on n'exigea du poëte l'exactitude sévère
de l'historien.

Page 7, vers 7 : *Les cieux sont ébranlés, la foudre les sillonne, etc.*

Dans cette stance et les deux suivantes, j'indique Homère. J'ai
cru pouvoir emprunter en pareil cas cet hémistiche de Boileau :
« *Et par le centre ouvert.* » De même, un peu plus loin, j'ai cru
ne pouvoir mieux faire, en louant le poëte, que d'accommoder à
ma stance un de ces vers si connus :

> « On dirait que, pour plaire, instruit par la nature,
> » Homère ait à Vénus dérobé sa ceinture. »

(Je venais de relire Homère, je voulus peindre Achille. J'allais faire une cantate ; je réfléchis, je renonçai à mon projet, cette espèce d'ode est trop difficile. J'écrivis le morceau qu'on va lire ; il tient peut-être un peu de la cantate, mais je me garderai de lui en donner le nom.)

ACHILLE.

TEL qu'un vent orageux chasse le chaume aride,
Ilion triomphante avait vu son Héros
Des pâles Argiens, jusques dans leurs vaisseaux,
    Repousser la foule homicide :
La Grèce reculait pleurant ses longs travaux.
Achille trop vengé contemplait le carnage ;
Alteré de combats, il domptait son courage
Et consumait ses jours dans un fatal repos.
Mais l'Achille troyen, Hector jusqu'au rivage
A reporté l'effroi, le deuil et le ravage ;
Des vaisseaux embrasés la flamme dans les airs
S'élève en tourbillons, rougit au loin les mers.
Patrocle, l'œil en pleurs, à ce spectacle horrible,
Vole au fils de Pélée : « O mortel invincible,
» Que la tendre pitié rentre enfin dans ton cœur !
» Achille, vois le sang ! vois la flotte embrasée !
» Sous la fière Ilion la patrie écrasée,
» Les yeux vers toi levés, implore son vengeur.
» Tu détournes tes yeux, cruel ! vois mes alarmes !
    » Il en est temps, dépose ta fureur,
» Souffre au moins que mon bras..... « Oui, je cède à tes
        larmes ;
» Vole, Patrocle, vole, et couvert de mes armes

» Jusqu'aux murs d'Ilion repousse la terreur! »
Il dit : Patrocle marche..... Egaré, l'œil farouche,
De sentimeus divers tour à tour agité,
Achille se taisait...... Son courroux indompté
Se rallume, et ces mots sont sortis de sa bouche.

« Eh quoi ? je sers Atride ? et mon orgueil jaloux,
» Mon orgueil outragé cède ainsi la victoire ?
» Suis-je Achille ? le suis-je ? O Grecs, qui d'entre vous
» N'osera désormais défier mon courroux ?
  » Pleure, Achille, pleure ta gloire !...

  » Mais non ; c'est à mon bras vengeur
» Qu'est promis cet Hector à tout autre invincible !
  » Eh bien, qu'il serve ma fureur,
  » Qu'il vive ce lion terrible ;
  » Atride, voilà mon vengeur !
» Ilion te verra pleurant sous ses murailles
» Des héros moissonnés les vastes funérailles,
» Ilion, dans Hector, à moi seul est promis !
» Poursuis, vaillant Patrocle ! O moitié de moi-même,
» Triomphe, et que les Grecs à ta voix raffermis
  » Célèbrent le Héros que j'aime ! »

A ces mots il se tait..... Mais quel trouble soudain,
Quels noirs pressentimens s'élèvent dans son sein ?
Son front s'est obscurci d'un sinistre nuage ;
A ses yeux éperdus une sanglante image
Se présente ; il frémit, son pied tremble d'horreur,
La grande âme d'Achille a connu la terreur.....

Quel guerrier franchissant la plaine

La fait retentir sous ses pas ?

    Egaré , respirant à peine,

Aux pieds d'Achille il tombe , et lui tendant les bras :

« Invincible Héros ,....ton cher Patrocle,... hélas !

» Patrocle a succombé , digne objet de nos larmes....

» On combat pour son corps, mais non plus pour ses

    armes....»

Ainsi parle Antiloque. Eperdu de douleur,

Tremblant, décoloré , frémissant de fureur,

Achille autour de soi jette un regard farouche ;

De longs sanglots enfin s'échappent de sa bouche ;

De cendre et de poussière il souille ses cheveux,

        Sur la brûlante arène

        Il se roule , il se traîne ,

Exhalant en ces mots son désespoir affreux.

      « Cher compagnon de mon enfance,

» O toi que j'aimai tant , toi qui m'as tant aimé,

» Patrocle , tu n'es plus !.... De regrets consumé ,

      » Que fais-je encor de l'existence ?

      » Mourons ! Mais quoi ? te laisser sans vengeance ?

» Quoi ! livrer aux vautours Patrocle inanimé ?

» Non , non ! du sang d'Hector désaltérons ma lance ,

» Volons ! Ah malheureux ! mon bras est désarmé !

» N'importe. Il me suffit pour m'ouvrir un passage ,

      » Pour rassasier ma fureur ;

» Dans un fleuve de sang je me baigne , je nage ,

» Sur des monceaux de morts , enivré de carnage

» Je termine à la fois ma vie et ma douleur. »

Il s'élance !.... Tremblante et les yeux pleins de larmes,

Thétis accourt : « Mon fils , où t'emportent tes pas ?
» Arrête ! Eloigne encor, éloigne ton trépas ,
» Prends pitié , cher enfant, de mes tristes alarmes !
» Cruel ! je pleure en vain ; tu ne m'écoutes pas .....
» Je ne t'arrête plus ;.... je te rends aux combats ,
» Je ne veux qu'un seul jour ,... Achille , un jour ! hélas,
   » Et je viens t'apporter des armes...»
Elle dit. Le Héros a volé dans ses bras.

   « Sèche des pleurs dont s'indigne ma gloire !
» Le lâche, plein de jours , dans la honte s'endort,
   » La honte poursuit sa mémoire.
» Le brave a moissonné les champs de la victoire,
» Il renaît immortel des ombres de la mort.
  » Tremble , Ilion ! la vengeance s'apprête ;
  » Farouche Hector, la foudre est sur ta tête;
» Dans ton barbare sein vois mon glaive plongé !
  » De toutes parts , à longs flots le sang coule ,
   » La flamme vole, Ilion croule,
   » Et Patrocle est vengé ! »

ÉPITRE à M. DE *****

Qui avait chanté en très-jolis vers son Epouse absente,
et lui avait dédié un recueil de poësies.

SALUT au galant Troubadour,
Dont la voix flexible et sonore,
Célébrant l'Hymen et l'Amour,
Fit redire aux bois d'alentour
Le nom charmant de son Aglaure.

Salut au conteur gracieux
De mainte aimable bagatelle;
Au voyageur ingénieux
Elève et rival de Chapelle,
Qui dans ses vers harmonieux,
A la plus tendre, à la plus belle,
D'un ton si doux chante ses feux,
Ne voit, n'entend, ne rève qu'elle,
Et (bravant la mode nouvelle
Et nos modernes beaux esprits,)
A sa moitié toujours fidèle,
Du même objet toujours épris,
Soupire, et gémit, et l'appelle,
Et solitaire, *dans Paris,*
Accuse l'absence cruelle !....

Tel exemple aujourd'hui, dit-on,
N'est pas commun. Léger, volage,
Le Français, brillant papillon,

3

A chaque fleur offre un hommage ;
Il craint l'ennui des longs soupirs ;
Il donne un jour à la constance
Et vole à de nouveaux plaisirs :
Comme tout change !... Amour en France
Eut ses héros et ses martyrs !....

Ce temps n'est plus : ardeurs sincères
Chez nous ne sont plus de saison ;
Aux rives mêmes du Lignon,
Si l'on y croit, on n'y croit guère :
Le siècle heureux de la raison
Se rit du siècle des chimères....

Voilà nos mœurs, voilà le ton ;
Mais chacun ici bas, j'espère,
Peut être heureux à sa façon,
Et j'aime fort votre manière.
Volez, volez à vos amours ;
Au doux penchant qui vous entraîne
Cédez sans crainte, aimez toujours
Le nœud sacré qui vous enchaîne ;
Heureux amant, heureux époux,
Goûtez long-temps dans la retraite,
Chantez les plaisirs les plus doux,
Et que Zoïle soit jaloux
Et du héros et du poëte.

(Voici mes premiers vers ; la reconnaissance les dicta. J'étais bien jeune lorsque je composai cette pièce ; elle est faible, je le sens, et je demande pour elle un peu d'indulgence.)

LA VIGNE ET LES ORMEAUX.
FABLE.

A petit bruit, sur le flanc des coteaux,
Une source égarait son onde fraîche et pure ;
Languissamment au bord des eaux
Une vigne traînait ses débiles rameaux
Et voyait dans l'azur des flots
Nager sa naissante verdure.
Ornement de ces lieux, de superbes ormeaux
Balançant dans les airs leur dôme de feuillage,
Contre les vents, contre l'orage
Protégeaient leur voisine, et parfois en ces mots
Encourageaient sa timide jeunesse.
« Nous t'appelons, nous t'offrons nos secours ;
» Fais un effort ; appuis de ta faiblesse
» Nos bras te soutiendront ; veux-tu ramper toujours ?
» Nous prolongeons au loin la fraîcheur et l'ombrage ;
» Nous dominons les coteaux d'alentour ;
» Sous nos toits verdoyans les belles du village
» Viennent se reposer, folatrer tour-à-tour.
» Lorsque le blond Phœbus recommence son tour,
» C'est à nous les premiers qu'il montre son visage ;
» Et quand l'ombre du soir a voilé le bocage,
» Sur nos fronts brille encor le dernier feu du jour.
» Tu peux avoir même avantage.

» Embrasse-nous , cède à nos vœux ,
» Cesse enfin de ramper sur ces rives humides ;
» A nos robustes bras unis tes bras timides ,
» Monte , et sois avec nous l'ornement de ces lieux. »

Tels étaient leurs discours : la vigne obéissante
Aux rameaux protecteurs unit de longs rameaux ,
Elle monte , s'étend , s'arrondit en berceaux
Et prête son ombre charmante
Aux jeux , aux danses des hameaux.

Nous sommes la vigne rampante ;
Sages instituteurs , vous êtes les ormeaux.

(*Jean-François Dougados*, plus connu sous le nom de *Venance*, fut mon maître et mon ami ; ces vers sont encore un tribut de la reconnaissance. Il furent composés en décembre 1793, époque où fut assassiné l'infortuné franciscain. J'étais fort jeune alors et l'ouvrage se ressent de mon extrême jeunesse. Lorsque M. de Labouïsse fit imprimer en 1810 les œuvres de Venance, il me demanda quelques vers ; je lui donnai mon élégie ; elle parut et je me reprochai bientôt d'avoir laissé sortir du porte-feuille une production si imparfaite. Je l'ai retouchée depuis ; je n'ai rien négligé pour en faire un morceau plus supportable.

LE TOMBEAU DE VENANCE.
ÉLÉGIE.

Et mes vœux et mes pleurs étaient donc superflus !
Un infame échafaud,.... (d'horreur ma main s'arrête. ...)
Jeune homme infortuné !.. . C'en est fait il n'est plus ;
   Mon cœur se serre, et ma langue est muette....

Jours affreux ! jours de deuil !... Talens, grâces, vertus,
Dans le séjour du crime avec lui confondus,
En vain frappent les airs de leur plainte touchante.
Vers un ciel irrité, vainement leur regard
S'élève ;... nul espoir. Suspendue et sanglante,
   La hâche attend.... L'audace triomphante
Dicte l'arrêt fatal, les dévoue au poignard,...
   Ils courbent leur tête innocente...

Dieu ! quelle image à mes yeux se présente !
O toi qui m'aimas tant, objet d'amour, d'horreur,

Ombre chérie, ah ! fuis ! Cette affreuse pâleur,
Ce regard qui s'éteint, cette bouche mourante,
  Ce sang dont la terre est fumante,
Sans cesse je les vois.... Lorsque la triste nuit
Sous son crêpe lugubre assoupit la nature,
Ils sont là ;.... le sommeil, le doux sommeil me fuit;
L'aube blanchit les airs de sa lumière pure,
Et le spectre sanglant de nouveau me poursuit.

  Venance ! Ah malheureux !... un monstre sanguinaire,
L'opprobre des autels, l'horreur du sanctuaire
  T'immole à ses lâches fureurs !
  Poëte aimable, à tes jeunes labeurs
La gloire avait promis ses brillantes faveurs,
De tes lauriers naissans ta famille était fière :
Ta famille,... ô regrets ! ton déplorable père,
  Ta tendre sœur, ta malheureuse mère
N'ont pu te consoler aux longs jours des douleurs,
Mourir en t'embrassant.... A ton heure dernière
Tu les nommais en vain, tu ne vis pas leurs pleurs,
  Et tu fus seul dans ta misère.

  De tes vils ennemis dirai-je les forfaits?
  De tes revers dirai-je l'origine ?
L'orgueil humilié préparait ta ruine ;
L'orgueil humilié pardonna-t-il jamais ?
A ton cinquième lustre à peine tu touchais;
  Loin du fracas ton heureuse jeunesse
Coulait ses jours sereins, et cultivait en paix
Les fertiles vallons qu'arrose le Permesse.
Le laurier de la gloire ornait déjà ton front;

Charmés de tes accords , étonnés de ta grâce ,
Emules généreux , Imbert , Gaude , Gaston ,
    Près de Tibulle avaient marqué ta place :
Cet honneur fut ton crime ; une indigne prison
Vengea d'un vil rival l'orgueilleuse bassesse ;
    Lâche tyran de la faiblesse ,
Il prolongea pour toi les jours de la détresse ,
Et d'un mortel ennui te versa le poison.
Lentement consumé d'une langueur amère ,
Tu voyais de tes jours s'éclipser le flambeau ;
Lentement , de tes yeux , s'éteignait la lumière
Et s'ouvrait , sous tes pas , l'abyme du tombeau :
Cygne mélodieux , ta voix noble et touchante
Soupira ton *ennui*, tes cruelles douleurs ,
Et la Rance attendrie , à ses rives en pleurs
Répéta les accens de ta voix gémissante.

    L'envie enfin parut se lasser de haïr ,
Et d'un jour plus serein tu vis briller l'aurore ;
    Ta voix plus douce et plus sonore
    Chanta l'amour et le plaisir :
    Ton génie a repris ses aîles ;
Vas , bon quêteur , écris ce voyage charmant ;
    Pour tes confrères ,... du couvent ,
    Recueille et l'orge et le froment ,
    Et pour toi des palmes nouvelles.
    La gloire , à tes heureux travaux ,
    N'en doute point sera fidèle ;
    Aimable élève de Chapelle ,
    Les Grâces guident tes pinceaux ;
    Et ton ingénieux modèle

Sourit lui-même à tes tableaux.

Succès fatal ! Déjà frémit l'envie ;
Tes longs revers n'ont point lassé le sort ;
« Bientôt une troupe ennemie
» Viendra voir ton dernier effort,
» Assouvir sur toi sa furie,
Et te plonger vivant dans l'ombre de la mort :
L'affreux tombeau s'entrouvre ; ô vengeance infernale !
Arrêtez ! arrêtez !.... Muet, glacé d'horreur, ...
Egaré ,... l'œil éteint..... La pierre sépulcrale
Retombe ; au loin l'écho répond en mugissant,
Et trois fois prolongé , le sourd mugissement
Roule sous la voute fatale.

Mais sur tes jours veillait un mortel bienfaisant,
L'ami des malheureux , leur refuge , leur père.
Sors des tombeaux , renais à la douce lumière ;
Porte à Balainvilliers , à ce dieu tutélaire,
Tes hymnes , doux tribut d'un cœur reconnaissant !
Pare ton front de guirlandes nouvelles ,
Célèbre encor le plaisir et les belles ,
Les jeux , les ris , l'amour et ses faveurs ,
Et que l'envie impuissante et muette
Pleure sa honte et sa défaite
Et ses inutiles fureurs !

Vœux superflus ! Bientôt, de l'affreuse vengeance
Brillera le jour abhorré ;
Bientôt, armé d'un fer sacré ,
Le crime, au nom des lois , frappera l'innocence ;
Je les vois , je les vois ces exécrables jours !

Poëte infortuné, quel sera ton secours ;
  Hélas ! qui prendra ta défense ?
Puissant par ses forfaits, ton ennemi jaloux,
Féroce Proconsul d'un Sénat sanguinaire,
Te poursuit ; quels rochers, quel antre solitaire
Aux yeux de ton Argus peuvent-ils te soustraire
  Et te dérober à ses coups ?
C'en est fait, .. tu n'es plus.. Du banquet de la vie
Aux plus beaux de tes jours, hélas ! tu disparais ,...
  Infortuné, repose en paix ;
  Repose en paix, ombre chérie !!!
  Et toi, Dieu juste, Dieu vengeur,
Toi, notre unique espoir en nos longues misères,
Que tant de sang versé, tant de larmes amères
  Éteignent enfin ta fureur !
  Abrège, ô Dieu, ces jours d'horreur,
  Fais luire encor des jours prospères !
  Sois pour nous le Dieu de nos pères,
  Rends-nous la paix et le bonheur.

NOTES.

Page 22, vers 9 et 10 : *Un monstre sanguinaire, l'opprobre des autels, etc.*

Je ne le nomme pas. Il était franciscain, il fut long-temps l'exemple du couvent ; il en devint la honte. Député à la Convention, il ne s'y rendit que trop fameux. Il monta enfin, mais trop tard, à l'échafaud ; il y mourut le blasphême à la bouche.

Page 23, vers 6 : *Lâche tyran de la faiblesse,*

Nommé à l'emploi de gardien, le moine dont j'ai parlé abusa mille fois de son autorité pour persécuter Venance.

Page 23, vers 15 : *Et la Rance attendrie, à ses rives en pleurs, etc.*

Ce fut dans une petite ville de Bretagne que Dougados composa son élégie sur l'*ennui* qui concourut pour le prix à l'académie des *Jeux Floraux.*

Page 23, vers 30 : *Vas, bon quêteur, écris ce voyage charmant ; etc.*

Tout le monde connaît le joli voyage de Venance, intitulé : *La Quête du Blé.*

Page 24, vers 5 et 6 : *Bientôt une troupe ennemie viendra voir ton dernier effort.*

Venance, toujours en butte à la fureur du moine qui enfin l'assassina, avait été sur le point de périr au fond de ces tombeaux que creusait la vengeance dans l'intérieur des couvens. M. de Balainvilliers, intendant de Languedoc, usa de son autorité pour assurer la vie et la liberté du poëte. C'est à cela que fait allusion ce dernier dans sa pièce intitulée : *La Veillée,* et c'est à cette même pièce qu'appartiennent les deux vers que j'ai cités au commencement de la note. Au reste, je suppose que Venance fut en effet plongé dans le *Vade in pace ;* j'ai cru que cette petite altération m'était permise.

(Cette Epître fut imprimée, en 1812, dans le petit Almanach des Dames. Elle a été soigneusement retouchée depuis.)

EPITRE A M. DE ****.

Vous qui chantez l'Amour et les Héros,
Vous dont la voix et brillante et légère
Plaît à la cour, à la ville, aux hameaux ;
Maître passé dans l'heureux art de plaire,
Enfant gâté du Pinde et de Paphos ;
Jeune héritier du hautbois de Sicile,
Dont vous tirez les sons les plus touchans ;
Quand les échos de mon champêtre asile
Pour vos refrains oubliaient mes accens,
Vous me louez ! votre bonté facile
Sourit à mes accords, encourage mes chants !
De ma Daphné, de ma fille chérie
Vous célébrez les innocens appas,
Vous me versez, en des vers délicats,
Le doux poison qu'on nomme flatterie ?...
D'un pauvre père excusez la folie,
Quand on lui dit : Votre fille est jolie,
Il le croit,... (et comment ne le croirait-il pas)?
En souriant, votre Muse charmante,
Pour ma Daphné, de son front radieux
Détache une rose brillante ;
Aimable fleur ! l'amitié la présente ;
De mon enfant, qu'elle orne les cheveux.
Mais c'est en vain qu'au temple de mémoire

Vous appelez mon vol ambitieux ;
Il faut, par trop d'efforts, acheter la victoire ;
Ah ! le plaisir est plus doux que la gloire ;
Le doux plaisir ne fait-il pas les Dieux ?
Je n'irai pas, pour un peu de fumée,
Péniblement tourmenter mes loisirs ;
Un sort modeste a comblé mes désirs,
Et la volage Renommée
N'obtiendra pas de moi d'ambitieux soupirs.
Auprès d'une épouse chérie,
Auprès des fruits heureux de nos jeunes amours,
Comme ce ruisselet qui baigne la prairie,
Qui s'égare, qui fuit de détours en détours,
Et disparaît sous une herbe fleurie,
En paix je veux couler ma vie,
Je veux en paix finir mes jours.

Vous dont le luth et facile et sonore
Si galamment célébra la beauté,
Poëte aimable, heureux amant d'Aglaure,
Aspirez aux honneurs de la célébrité ;
Ces vœux vous sont permis.... Harmonieux émule
Du naïf Théocrite et du tendre Tibulle,
Volez, à l'immortalité.
Faites redire encor à la tendre Élégie
Le désir, les frayeurs, le timide refus,
Le doux transport, les aveux ingénus,
Et mariez toujours, en dépit de l'envie,
Le laurier de la gloire au myrthe de Vénus.

NOTE.

Page 27, vers 12 : *De ma Daphné, de ma fille chérie, etc.*

Daphné, roman pastoral, premier essai de l'auteur. Cet ouvrage reparaîtra un jour, soigneusement corrigé, ou pour mieux dire entièrement refait.

LE RETOUR AU VILLAGE.
IDYLLE.

———————

Les champs sont dépouillés ; une heureuse abondance
Du poids de ses trésors affaisse nos greniers ;
L'été finit son tour, et brillant d'espérance
Septembre nous sourit. Déjà hors des celliers,
Poussée avec effort par les puissans leviers,
Pesamment, à grand bruit, roule la tonne immense ;
On s'apprête, on l'entoure, et les bruyans marteaux
En cadence levés, retombant en cadence,
Sur ses flancs desséchés resserrent les cerceaux ;
On chante, on rit, on boit, la nuit vient et l'on danse.
    Innocent villageois !... Tous ses jours sont heureux !
Je crois le voir errant sur ses coteaux vineux ;
Il sourit aux trésors que son Dieu lui dispense,
Les montre avec orgueil à ses enfans joyeux,
Et du fond de son cœur s'élèvent vers les cieux
Les hymnes de l'amour, de la reconnaissance.
Ah fortuné mortel !... Cependant le verger
L'appelle ; fatigué du poids de l'opulence,
L'arbre implore la main qui doit le soulager :
Volez, heureux enfans !... L'essaim léger s'élance ;
Son avide regard, sa vive impatience
Du tortueux sentier dévorent le détour ;
Le bon père sourit et tremble tour-à-tour
Et d'un œil inquiet les suit ou les dévance.
    Vous que je pleure encor, que j'aimerai toujours ;

Vallons délicieux , vallons où mon enfance
Coula quelques instans et trop doux et trop courts ;
Asile de la paix , de la simple innocence ,
Des plaisirs, du bonheur ,... vous m'appelez ,... j'accours...
Plus brillant et plus doux , le soleil en son cours
Déjà de l'équateur embrasse l'orbe immense ,
L'air est plus frais , plus pur ; la céleste balance
Également divise et les nuits et les jours.

Monotones plaisirs , triste et fier esclavage ,
Triste orgueil des cités , pompe altière des cours ,
Je vous fuirai , je pars , je retourne au village ,
Marchons.... Du vieux château les vénérables tours
Dont le sommet se perd dans les flancs du nuage ,
Et le temple gothique , et le vieux hermitage ,
Et le toit du vieillard dont les sages discours
Aux mœurs , à la vertu , formèrent mon jeune âge ,
Et le bosquet paisible , asile des amours ,
Qui du fer ennemi ne reçut point d'outrage ,
Déjà dans le lointain s'offrent à mes regards ;
Volons !... Mais quels concerts ! j'entends de toutes parts
Le champêtre hautbois, la bruyante musette,
Le joyeux tambourin ; quelle pompe s'apprête ?
Ces bouquets , ces rubans ,... quel est cet appareil ?
Peuple aimable , ce jour a ramené ta fête ,
Et Septembre a vu fuir le vingtième soleil.

Autour du temple saint , innocentes offrandes ,
En couronne tressés , suspendus en guirlandes ,
S'enlacent les lauriers et le myrthe et les fleurs ;
Et le myrthe et les fleurs jonchent le sanctuaire ,
Et dans l'air embaumé des plus douces odeurs

S'élève avec l'encens la touchante prière.

Bientôt l'airain sacré, balancé lentement,
Ébranle au loin les airs, redouble l'allégresse ;
De fin lin revêtue, une aimable jeunesse,
A la voix du Pasteur, avec recueillement,
Se range en double haie, et ses pieux cantiques,
Du glorieux martyr, protecteur du hameau,
Célèbrent les vertus, honorent le tombeau ;
La foule cependant a franchi les portiques ;
De la foi des chrétiens le signe respecté
Marche devant ses pas, et des saintes reliques
Le dépôt vénérable, en triomphe porté,
Du hameau satisfait a parcouru l'enceinte.

Au long bruit des tambours, dans la demeure sainte
On rentre, on se prosterne, et l'homme du Seigneur,
Humblement recueilli, sur la foule rustique
Levant le Saint des Saints voilé du pain mystique,
Répand les mots sacrés, appelle le bonheur....

On se relève, on part, et la foule empressée
Par groupes se divise et se rend au festin ;
Là, sous de frais berceaux, ici dans le jardin,
Plus loin, sous la tonnelle une table est dressée ;
On l'entoure, on se place ; à côté de Colin
S'assied la jeune Eglé, Lise est auprès d'Alain ;
Thémire a son Atys ; Annète, son Hylaire ;
Un nouvel hôte arrive, on se range, on se serre ;
Nouveaux hôtes encor ;... agréable embarras !
Dans ce trouble charmant une main téméraire
(Qu'on voudrait écarter, qu'on ne repousse pas,)
D'un genou rondelet, d'une taille légère

Caresse lentement les contours délicats ;
Orgon presse Nérine, Alcidor à Glycère
Vole un double baiser ; timidement sévère,
Elle se plaint, murmure ,... et pardonne tout bas.
On rit, on applaudit. Mais déjà de la danse
Le signal est donné ; le hautbois, le tambour
Font retentir les airs, et la troupe s'élance ;
Sur les gazons fleuris son pied vole en cadence,
On se cherche, on s'évite, on s'atteint tour-à-tour.....

Le soleil cependant va terminer son tour,
De ses derniers rayons la tremblante lumière
Pâlit, s'éteint, expire au faîte de la tour ;
Le hautbois est muet, le pasteur, la bergère,
Satisfaits, à pas lents, regagnent leur chaumière,
Et les chants et les ris terminent ce beau jour.

Aimables villageois, que je vous porte envie !
Trop loin de vous, hélas, la fortune ennemie
A fixé mon séjour. Oh ! qu'il m'eût été doux
De cacher en ces lieux une paisible vie !...
Vœu superflu ! mes jours s'éteindront loin de vous !...
Ah ! du moins de vos mœurs, dignes d'un meilleur âge,
De vos douces vertus, de vos jeux innocens
Je garde dans mon cœur la consolante image,
Les heureux souvenirs ; ils délassent le sage
Que fatigue l'aspect des vices triomphans :
Toujours simple, fidèle à ses premiers penchans,
Déserteur des cités, fuyant leur esclavage,
Ce cœur qui vous chérit, ce cœur revole aux champs .....
Qu'ai-je dit ? il vous reste ,... il demeure au village.

———

A Madame D'***, en lui envoyant quelques idylles.
(Ces vers furent insérés, en 1812, dans le petit Alma-
nach dédié aux Dames.)

———

CHARMANTE Eglé , vous conservez encor
Les simples goûts de la nature ;
Votre âme douce , tendre et pure ,
Des antiques vertus a gardé le trésor :
Auprès de vous je rêvai l'âge d'or ,
Je vous en offre la peinture.

———

Pour un tableau qui représentait, au milieu d'un char-
.mant paysage, le bon GESSNER écrivant une idylle.

———

DANS ces bois mystérieux
Les Grâces montent sa lyre ,
Il chante , et l'Amour inspire
Ses accens mélodieux :
L'oiseau se tait ; le Zéphire
Plus bas murmure , soupire ,
Craint d'agiter ces rameaux ;
Et la Naïade ingénue ,
Immobile , à demi-nue ,
Suspend le doux bruit des eaux.

LES PROJETS INUTILES.

J'ALLAIS chanter et Bellone et la Gloire,
Peindre à grands traits les rivaux des Césars :
« Gravons, disais-je, au temple de mémoire
» Le nom brillant des favoris de Mars ! »
   Mais vainement d'une lyre timide
Je veux tirer de sublimes accords ;
Je la remonte ; inutiles efforts ;
A ses accens la volupté préside,
Un Dieu malin se rit de mes transports.
« Berger, dit-il, quelle métamorphose !
» Y pense-tu ? Quelle folie, hélas,
» Te fait, aux jeux, préférer les combats,
» Pour le laurier te fait quitter la rose ?
» Aux bords glissans que le Permesse arrose
» L'ambition pousse, égare tes pas ?...
» Reviens, crois-moi ; fuis les bords du Permesse ;
» Soupire encor d'innocentes amours,
» Peins des hameaux la naïve allégresse,
» Fais résonner le luth des troubadours ;
» Mais au transport qui t'aveugle et t'égare
» Crains de céder ! Tremble, nouvel Icare,
» Et vois la chute et l'abyme où tu cours ! »
« — Oui, d'un grand nom l'orgueilleuse chimère
» Avait flatté mon cœur ambitieux :
» J'allais chanter un Héros qu'on révère ;
» De mes rivaux vainqueur imaginaire,
» Je m'élançais, je planais dans les cieux.
» Je m'abusais,.... la vérité m'éclaire,

» J'abaisserai mon vol audacieux.

» Je vois encor une vaste carrière ;

» Oui , je saurai, loin des yeux du vulgaire ,

» Cueillir encor un laurier glorieux... »

— « Pour ce Héros dont la main tutélaire

» Daigna t'offrir un appui généreux ,

» Cueille une fleur ; une fleur et des vœux ,

» Tribut d'amour , à son cœur doivent plaire ;

» Mais , au laurier , jeune présomptueux ,

» Crains de porter une main téméraire.

» Eh quoi ! tes vœux flottent irrésolus ?

» C'est donc en vain que ma voix te rappelle ?

» Tu vas céder à ton aveugle zèle ?

» Tremble , insensé ! je ne t'arrête plus.

» Vers l'œil du jour, que lui seul il affronte ,

» Suis dans son vol l'oiseau de Jupiter ;

» Faible colombe , aux sources de l'éclair

» Ose chercher et ta perte et ta honte...»

—« Pardonne , ô Dieu , pardonne à mon erreur ;

» Elle est , hélas ! bien digne d'indulgence.

» Aux doux transports de la reconnaissance

» Je me livrais , j'abandonnais mon cœur.

» Lui seul était et ma muse et mon guide ,

» Il allait seul inspirer mes accords :

» Elle n'a pu seconder mes transports ,

» Je briserai cette lyre timide....»

—« Oublîrais-tu qu'à tes heureux loisirs

» Plus d'une fois elle prêta des charmes ?

» Briseras-tu ce qui fit tes plaisirs ? »

—« C'est aujourd'hui la source de mes larmes ;

» Et je le jure, oui ses débris épars,

» Abandonnés et souillés de poussière,

» Attesteront,...»—« Arrête, téméraire !

» Si tu ne peux de l'émule de Mars

» Dire la gloire et l'audace guerrière,

» Tu peux chanter d'une voix douce et fière

» Le protecteur, le favori des arts,

» Le magistrat, (disons mieux), le vrai père,

» Et du public mériter les regards....»

—« Non, je me tais. »—« Et pourquoi ce silence?

» Tout le défend.»—« Tout m'en fait une loi.

» Dans les transports de leur reconnaissance

» Combien d'heureux ont tout dit avant moi! »

A Monsieur et Madame de Labouïsse.
STANCES IRRÉGULIÈRES.

(Juillet 1814.)

———

PALE d'effroi, sur le bord des abîmes,
Voyez errer le triste voyageur....
De ces gouffres profonds qu'habite la terreur
A ces rochers affreux, à ces arides cimes,
Son œil épouvanté remonte avec horreur,
Descend, replonge encor, sonde le gouffre immense,
Mesure le désert, se trouble,... et l'espérance
S'éteint, expire dans son cœur....

De fatigue vaincu, son pied tremblant s'arrête;
Son bras appesanti tombe; ses yeux éteints
Se tournent vers le ciel, accusent les destins,
Il frémit, il penche la tête...
Sur l'aride rocher le malheureux s'étend,
Ses yeux n'ont point de pleurs et sa bouche est muette;
La mort l'entoure,... il la voit,... il attend.

Le doux sommeil, de son aîle légère,
Touche ses yeux de larmes épuisés;
'Au doux sommeil, sa brûlante paupière
Cède un moment; par un songe abusés,
Et son âme et ses sens, tout jouit;... une mère
En soupirant, le serre sur son cœur;
En soupirant, une épouse bien chère
Lui tend les bras, muette de bonheur....

Touchante illusion où le sommeil le plonge !
Le malheureux , dans son cœur enchanté
Jouit, triomphe ; il s'enivre d'un songe ,
Boit à long traits sa douce volupté :
L'air a frémi , par les vents agité ;
L'affreux réveil dissipe le mensonge ,
Le plaisir fuit , le malheur est resté.

Mais ce sommeil qui suspendit ses peines
Lui rend aussi son heureuse vigueur ;
Un sang plus frais circule dans ses veines
Et le courage est rentré dans son cœur.
Il redouble d'efforts , il échappe aux abîmes ,
Des vastes monts il surmonte les cimes ,
Et poursuivant le doux songe d'amour ,
Et rappelant sa fugitive image ,
Goûte en espoir , au sein d'un bon ménage ,
L'heureux repos , les plaisirs du retour.

Jouet d'un monde où triomphe le crime ,
Ce voyageur , frémissant , abattu ,
C'est le mortel fidèle à sa vertu
Qu'un siècle impie avec fureur opprime ;
C'est le mortel sensible et généreux ;
Du crime altier déplorable victime ,
Il n'a pour lui que son cœur et les Dieux.

De l'infortune il essuyait les larmes ,
Il lui versait le baume des douleurs ;
Et tout est sourd au cri de ses alarmes ,
Et tout insulte à la voix de ses pleurs.

Jamais, jamais sa pensée innocente
N'eut à rougir en se montrant au jour ;
Elle peignait, glace pure et brillante,
Un cœur naïf, une âme sans détour :
Auprès de lui chaque front se déguise
Et des vertus prend le masque enchanteur,
Et sous les traits d'une aimable franchise
La perfidie a déchiré son cœur.

Il offre à tous une main protectrice ;
Tout, contre lui, s'arme de ses bienfaits.
Il pardonnait ; la cruelle malice
Lui prépare les pleurs, les ennuis, les regrets ;
Et c'en est fait, à ses maux il succombe.
Trahi partout, du malheur entouré,
Il ne voit plus qu'un refuge assuré,
Il n'attend plus que la paix de la tombe....

Premier besoin, doux espoir du malheur,
A ses regrets associant des larmes,
Que la tendre amitié partage sa douleur ;
Momens heureux pour lui ! transport rempli de charmes !
Un jour plus pur éclaire ses regards,
Un nouveau ciel a brillé sur sa tête,
Tout s'embellit, il n'est plus de tempête,
Et le bonheur sourit de toutes parts....

Et moi, j'ai vu le deuil de ma triste patrie
Et ses jours de douleurs, d'opprobre et de forfaits ;
J'ai vu nos arts proscrits, l'antique barbarie
Sous un sceptre de plomb courbant l'orgueil français ;

D'une infâme Thémis les infâmes arrêts
Traînant à l'échafaud l'innocence flétrie ;
La discorde farouche agitant ses flambeaux ;
Dans l'horreur des combats , au hasard entassées ,
Les générations en un jour effacées ,
Et ses fils assassins , tels que d'affreux corbeaux ,
A la France expirante arrachant ses lambeaux ;
Et je disais au ciel : « Abrège nos misères ,
        » Ecoute nos prières ,
» Ouvre à des malheureux l'asile des tombeaux ! »

Ces longs jours ne sont plus ; la douleur vit encore.
Du règne de la paix en vain brille l'aurore ,
Le fardeau du passé pèse encor sur les cœurs !
De nos sages cruels les fatales maximes
Sous nos pas effrayés ont ouvert les abîmes ,
Dans leur base sacrée ils ont sapé les mœurs.
Sur la religion reposait l'édifice ;
Contre elle ils ont armé la rage , l'artifice ,
Le sarcasme effronté , le sophisme odieux ;
Les mœurs sont un vain nom ; et d'un crêpe voilées ,
      Les vertus exilées
En soupirant ont regagné les cieux.

    Le front levé , superbe , triomphante ,
L'impiété cruelle a défié les Dieux ;
    Dans ses palais la bassesse opulente
    Boit , en riant , les pleurs des malheureux ;
    L'antique honneur est traité de chimère ,
    L'or seul est tout , lui seul a tous les vœux ;
    L'amour coupable , affranchi du mystère ,

6

Ne voile plus l'opprobre de ses feux ;
Des noms sacrés et d'époux et de père ,
J'ai vu rougir nos penseurs orgueilleux ;
Et déchiré , dans ma douleur amère ,
En gémissant j'ai détourné les yeux.

Du jour trop lent j'accusais la paresse ,
Je hâtais de mes vœux le vol tardif du temps.
Vous m'appelez , j'accours.... Dans quelle douce ivresse ,
Couple heureux , près de vous ont coulé mes instans !
Oh ! que j'aimais à voir et vos jeux innocens ,
Et de vos cœurs la naïve tendresse ,
Et vos longues amours encor à leur printemps !
Sous votre toit , comme en leur sanctuaire ,
J'ai retrouvé la tendre piété ,
L'antique bonne foi , la touchante bonté ,
Et l'amitié franche et sincère.

Oh ! qu'avec volupté je voyais , tour-à-tour ,
Ces gages de l'hymen , charmes de l'existence ,
Le bon Adolphe et la sensible Hortense ,
Lise , Félicité , fraîches comme un beau jour ,
Et cette fleur chaque jour plus jolie ,
Votre trésor , votre Léocadie ,
Savourer dans vos bras le baiser de l'amour !

Heureux époux , bon fils , excellent père ,
Citoyen vertueux , ami tendre et sévère ,
Ami fidèle et sûr , qui d'un fard apprêté
Ne déguisas jamais l'austère vérité ;
Auguste , cher Auguste , et vous Éléonore ,

Ange de paix, innocente beauté,
Vous que, sans vos appas, devait choisir encore;
Pour la douceur, pour la bonté,
L'époux-amant qui vous adore;
Couple chéri, vous consolez mon cœur;
Avec mon siècle il se réconcilie;
A vos vertus je me rallie,
Et désormais j'ose croire au bonheur.

QUATRAIN

(*Pour le Portrait d'un Artiste célèbre.*)

DE ses rivaux heureux vainqueur
Il échappe aux traits de l'envie;
Les nobles vertus de son cœur
Lui font pardonner son génie.

A LA DIVINITÉ.
STANCES.

(Ce morceau devait être chanté au moment de l'inauguration du portrait de S. M., dans la grand'salle de la mairie de Perpignan, le 25 Août 1815.)

D'UN Roi suivant ton cœur, d'un Monarque vrai père,
Du neveu des Henri, du successeur des Saints,
Protége les vertus, le sceptre héréditaire !
      Veille, ô mon Dieu, sur ses destins.

Accablés loin de lui sous le joug de la guerre,
Tes Français malheureux ont gémi trop long-temps ;
Du Monarque de paix prolonge la carrière,
      Conserve un père à ses enfans !

Lorsqu'après vingt soleils le mois brillant d'Auguste
D'une cinquième aurore allumera les feux,
Ton peuple à tes autels bénissant le Roi juste,
      Portera l'encens et les vœux.

Des moissons, tous les ans, la saison fortunée
Verra mêmes transports chez nos derniers neveux ;
A tes pieds, tous les ans, la France prosternée,
      Viendra bénir un sceptre heureux.

LE TROUBADOUR
AU TOMBEAU DE STÉPHANIE. *

Un sombre azur enveloppe les cieux,
Des nuits, des mois, l'inégale courrière
Blanchit les airs de sa pâle lumière,
Et les flots du torrent s'argentent de ses feux.
Un vent léger, avec un doux murmure,
Ride l'azur du tranquille ruisseau ;
Un vent léger, du flexible arbrisseau,
Balance mollement la verte chevelure.....

Solitaire et pensif, un jeune Troubadour,
D'un pied distrait foule l'herbe fleurie ;
Il promène au hasard sa vague rêverie ;
S'égare lentement de détour en détour,
Et confie en secret, à sa lyre attendrie,
Le chant de douleur et d'amour.
Du domaine des morts son pied touche l'enceinte ;
Plein de sombres pensers, sur la poussière sainte,
Il imprime, en tremblant, ses pas religieux :
« Dormez en paix,.... honneur aux Mânes,...
» Dormez en paix !.... Un luth injurieux
» Ne vient point insulter, par des accords profanes,
» Au calme auguste de ces lieux. »

« *Descends du Ciel, fille de l'Harmonie,*
Muse sacrée, à l'ombre du cyprès,
Soupire l'hymne des regrets
Sur la tombe de STÉPHANIE. »

O mortelles douleurs ! O transports superflus !
Vainement des Destins un trop malheureux père
Espéra, par ses pleurs, désarmer la colère ;
   Ses pleurs n'étaient pas entendus !
Vainement aux autels une pieuse mère
Priait, s'humiliait ; ses vœux étaient perdus :
   Les vents jaloux dispersaient la prière.
STÉPHANIE échappait à ces cœurs éperdus ;
De ses yeux affaiblis s'éclipse la lumière ,...
     Sa voix expire ;... elle n'est plus...
     A peine à la seconde aurore ,
     Amour, espoir du doux printemps ;
     Ainsi la tendre fleur des champs
     Courbe son front, se décolore ;
     Fille brillante du Sommeil ,
     Ainsi l'illusion chérie
     Qui charmait ton âme attendrie
     S'enfuit sur l'aîle du Réveil ;
     Ainsi l'étoile messagère
     Du soleil brillant qui la suit ,
     Verra bientôt dans la carrière,
     Mourir la tremblante lumière
     Des pâles flambeaux de la nuit.

   « *Poursuis tes chants, fille de l'Harmonie ;*
Muse sacrée, à l'ombre du cyprès ,
   Sur la tombe de STÉPHANIE
   Soupire l'hymne des regrets ».

   « Du mois brillant de la rose vermeille
Elle attendait le douzième retour ;

Il renaîtra le mois brillant d'amour,
Il sourira ; mais la vierge sommeille....
Tendre arbrisseau, frêle jouet des vents,
Rose charmante, au matin moissonnée,
A peine encor, à peine à ton printemps
Tu disparais, ô vierge infortunée !...
Console-toi ! tes regards innocens
Virent d'un jour trompeur la douce matinée ;
Ils n'ont point vu la rage des autans,
La tempête, en grondant, sur les mers déchaînée ;
Ils n'ont point vu les lâches trahisons
Dans l'ombre envelopper l'amitié consternée,
Et contre la candeur interdite, étonnée,
L'affreuse calomnie exhaler ses poisons ;
Ils n'ont point vu la cruelle malice
Jouissant en espoir du forfait apprêté,
Attendrir ses regards, sourire avec bonté,
Par des sentiers fleuris, pousser au précipice
La crédule simplicité ;
Ils n'ont point vu la fraude, l'artifice
Acheter par l'opprobre un triomphe effronté !
Le prisme heureux de l'innocence
Colorait devant toi l'Univers enchanté ;
Le flambeau de la vérité
Ne vint point alarmer ta jeune confiance ;
Tout fut simple à tes yeux et doux comme ton cœur ;
Tu goûtas une aimable erreur,
Et nous pleurons une triste science. »

« *Pose sur le cercueil les rameaux du cyprès,*
Et suspends tes accords, fille de l'Harmonie :

Sur la tombe de STÉPHANIE
Grave son nom et les regrets. »

« Plaisir , amour, bonheur d'un père
Reposent en ce lieu ; le marbre funéraire
Les couvre ; STÉPHANIE habite ce séjour...
Jeune, elle a, bien long-temps, vécu pour la souffrance ;
Hélas ! à peine encor échappée à l'enfance,
  Elle est ravie à notre amour..
De ses parens , douce et tendre espérance ,
Frêle bouton par les vents abattu ,
  Elle succombe ,.... et la VERTU
  Pleure au tombeau de l'INNOCENCE. »

Déjà les bords où s'allume le jour
Lentement se doraient d'une faible lumière ;
Les astres de la nuit , au bout de la carrière ,
Pâlissaient , s'éteignaient ;.... le jeune Troubadour
S'éloigna , l'œil en pleurs , du marbre funéraire.

LE HUIT JUILLET
OU LE RETOUR DU BON ROI. *

QUEL triomphe éclatant , quelle pompe s'apprête ?
Quel délire nouveau , de ce peuple amoureux
Précipite à grand bruit les flots impétueux ?
De cent peuples domptés la honte et la défaite ,
Du sceptre universel l'effrayante conquête ,
L'un et l'autre Neptune à nos lois asservis ,
Les Rois des nations tributaires soumis
    Inspirent-ils cette ivresse profonde ?
Non, non ! De nos transports les peuples sont amis ,
Notre joie est leur joie , et tout chante LOUIS :
Le retour de LOUIS est la fête du Monde !

    Cet hymne du bonheur jusqu'aux cieux élancé ,
L'airain religieux dans les airs balancé ,
Du clairon des combats la voix retentissante ,
Ces drapeaux déployés , ce brillant appareil ,
    Ce noble acier qui du soleil
Rejette en longs éclairs la flamme éblouissante ;
Ces bronzes protecteurs tonnant sur nos remparts ,
Ces soldats citoyens , noble appui de la France ,
Ces enfans son espoir , ces débiles vieillards
Qu'aux portes du tombeau rajeunit l'espérance ;
L'olivier de la paix , les myrtes de l'amour
Arrondis en festons au front de nos portiques ,
Dans nos temples sacrés les vœux , les saints cantiques

7

S'élevant , circulant , prolongés tour-à-tour ;
Ce salpêtre embrasé , dans sa courte carrière
Des astres de la nuit éteignant la lumière ;
  Ces nobles jeux , où cent rivaux amis
Rayonnans de plaisir , orgueilleux de jeunesse ,
Déployant tour-à-tour et la force et l'adresse
Sous les yeux de l'Amour se disputent le prix ;
Ces groupes enchanteurs , ce cercle de la danse ,
Ces sons harmonieux dont les airs sont remplis ,
Ces naïves beautés , ce panache des lis
  Qui sur leur front mollement se balance ;
Par l'attrait du plaisir tous les cœurs réunis ,
Ces transports , cet élan , cette ivresse profonde ,
Tout célèbre la paix , tout célèbre LOUIS :
Le retour de LOUIS est la fête du Monde !...

  Du plus vil des tyrans complices abhorrés ,
De ses lâches fureurs ministres exécrés
Qu'épargna trop long-temps la royale clémence ;
Vous , d'un siècle de sang et la honte et l'effroi ,
Vous que le saint pardon , l'amitié d'un grand Roi
Et de ses longs bienfaits la douce violence
Ne purent amollir ; vous , par le crime unis ,
De toutes les vertus éternels ennemis ,
Toujours plus altérés des malheurs de la France ;
Vous qui , des noirs rochers où le Sénat des Rois
Enchaîna l'ennemi du trône et de nos droits ,
Osâtes arracher , dans votre aveugle rage ,
Ce farouche oppresseur dégoûtant de carnage ,
Voyez et frémissez !.... Ce despote cruel
Qu'appelaient tous les vœux , que ramenait le ciel ,

(Complices sans pudeur , c'était votre langage ,)
Ce Héros , disiez-vous , des peuples adoré ,
Des Rois long-temps vaincus en secret admiré ,
Ce banni couronné , votre honteux ouvrage ,
Eh bien ! répondez-nous , quels furent ses honneurs ?....
Aux fêtes de LOUIS, par l'amour embellies ,
A cette heureuse ivresse où nagent tous les cœurs ,
Comparez le long deuil de vos fêtes impies !
    Autour de vous quel morne effroi !
Partout de la douleur est l'empreinte profonde......
Ici le cœur jouit ; l'amour chante un bon Roi :
Les fêtes de LOUIS sont les fêtes du Monde !....

    O Monarque vrai père , ô l'ami des Français !
Heureux de tes vertus, heureux de tes bienfaits ,
Heureux de nos transports , jouis de ton ouvrage !
A ton nom adoré tressaillent tous les cœurs ;
Vois le souris d'amour briller parmi les pleurs ;
Des peuples enchantés vois le touchant hommage ;
Ah ! long-temps de l'amour recueillant les tributs
Verse-nous le bonheur dans une paix profonde !
Et vous qu'il instruisit aux royales vertus ,
Vous sur qui de nos cœurs le grand espoir se fonde ,
O Princes généreux , renaissez dans vos fils ,
Perpétuez le sceptre , et nos vœux sont remplis :
Le sceptre des BOURBONS est le repos du Monde !

LES POETES LYRIQUES.
STANCES.

Toi qui d'Amour chantes la douce ivresse,
Et les brûlans transports, et les molles langueurs ;
 Toi dont la lyre enchanteresse
 Prête aux leçons de la sagesse
 Sa voix et ses charmes vainqueurs ;
Des sauvages humains première bienfaitrice,
Toi qui les arrachas au sombre exil des bois,
Et du commun bonheur cimentant l'édifice,
Courbas les passions sous le sceptre des lois ;
 Toi qui , des chants de la victoire
Aux portes du trépas, viens charmer un héros,
Et voiler à ses yeux, des rayons de la gloire,
 Le noir abîme des tombeaux ;
Toi qui , de nos autels à l'olympe élancée,
Lui portes, en tribut, les vœux, l'encens, l'amour,
Et , du sublime olympe au terrestre séjour,
Messagère de paix, redescends tour-à-tour
 Aussi prompte que la pensée,
 Seconde , échauffe mes transports,
 Reine de l'heureuse harmonie !
Je chante ces mortels qu'enflamma ton génie ;
 Nymphe , Déesse , Polymnie ,
 Prête-moi tes divins accords !...

 Mais où suis-je ? à mes yeux se dérobe la terre.
 Dans l'espace immense emporté ,

Des astres inconnus me versent leur lumière,
     Un soleil plus brillant m'éclaire
     Et je nage dans sa clarté !
Veillé-je ? est-ce une erreur où le sommeil me plonge ?
Quels magiques accens ! quel aspect gracieux !
     Non, non, ce n'est point un vain songe
Et l'Élysée est ouvert à mes yeux !...

  De la paix, du bonheur, voici l'aimable empire !
     Sous ces berceaux inconnus des hivers,
     Mânes sacrés des maîtres de la lyre
     Vous préparez vos sublimes concerts :
     Plus doucement l'onde roule et murmure,
     Plus doucement a frémi la verdure,
Tout se tait, un long calme enchaîne au loin les airs.....

    Mais de Linus la voix audacieuse
     A fait retentir les échos ;
Elle chante les Dieux, et du sombre cahos
     L'horreur, la nuit tumultueuse ;
Une éternelle main range les élémens ;
     De ses liens, la divine harmonie
A jamais les unit ; la discorde bannie
     Respectera ces nœuds charmans.
Le feu léger, rapide, aux plus hauts lieux s'élance,
L'air le suit ; de l'espace, humide vêtement,
Il l'entoure, la terre au-dessous se balance,
En orbe s'arrondit, et l'onde mollement
Dans son liquide azur embrasse l'orbe immense.

  D'une profonde nuit le soleil élancé

Du torrent de ses fœux inonde la nature ;
Sur le front des forêts s'épaissit la verdure,
Le vent gronde, frémit ; écumeux, courroucé,
Par d'éternelles lois appelé, repoussé,
Le flot heurte le flot, se retire et murmure ;
L'aigle a fendu les airs ; le bois silencieux
De ses hôtes nouveaux redit la voix tonnante ;
Sous ses bonds redoublés le phoque monstrueux
      Fait tournoyer l'onde écumante :
L'homme, Roi de la terre, a contemplé les cieux....

    Ainsi chante Linus : non loin je vois Orphée ;
Des Dieux et des géans il redit les combats,
Et l'horrible Encelade, et l'horrible Typhée,
      Et Briarée et ses cent bras.
Trois fois sur Pélion la troupe audacieuse
A poussé de l'Ossa la masse sourcilleuse ;
Sur le front de l'Ossa l'Olympe a vu trois fois
Régner son vaste front, dominer ses grands bois ;
     La foudre part ; au loin dans les campagnes
Roule précipité l'édifice d'orgueil,
Et sous les noirs débris des fumantes montagnes
      L'audace a trouvé le cercueil.

      Salut ! salut au grand Alcée !
Peut-on le méconnaître à ses superbes sons ?
Quelle foule attentive autour de lui pressée
      Écoute ses nobles chansons !
     Quelle fierté, quand sa lyre sonore
      Redit d'héroïques exploits !
Poursuit-il les tyrans ? c'est un feu qui dévore !

Ils frémissent encore
Au foudre de sa voix.. ;

Enflé des tributs de l'orage,
Tel que du haut des monts, dans les champs qu'il ravage,
Tombe, roule en grondant le torrent écumeux,
Tel Pindare échappé d'une profonde source,
Précipitant sa course,
Roule de ses pensers les flots tumultueux.
Dira-t-il les Héros, les Rois, enfans des Dieux,
Le Centaure abattu, la Discorde étouffée,
Ou le Coursier vainqueur aux rives de l'Alphée ?
Aigle superbe, il plane, il se perd dans les cieux.

Impétueuse, ardente, aux combats emportée,
Les yeux étincelans, la muse de Tyrtée
Par ses mâles accords excite la valeur :
Rien ne résiste, elle entraîne, elle enflamme,
Tout Mars est dans son âme,
Et souffle, des combats, l'homicide fureur.

Mais je vois de Lesbos la muse infortunée ;
Victime de l'amour, aux larmes condamnée,
Elle rêve l'amour et ses douces langueurs ;
Ses doigts harmonieux mollement sur la lyre
S'égarent ;.... éperdue, elle tremble, soupire,
Et son vers immortel est trempé de ses pleurs.

En cheveux blancs, que le myrte couronne,
Chantant les jeux, Lycoris et le vin,
Anacréon danse la lyre en main,
Et des plaisirs la troupe l'environne.

Buveur , amant , les festins , la beauté
Allument son heureux délire ;
C'est tour-à-tour la volupté,
Tour-à-tour le vin qui l'inspire.

Rival du tendre Anacréon ,
Superbe émule de Pindare ,
Dans les bois d'Idalie , aux sommets d'Hélicon ,
Horace tour-à-tour prend le luth d'Apollon ,
Et des amours la galante Cythare.
Tantôt du haut des monts , torrent impétueux ,
Il roule avec fracas , bouillonne , écume et gronde ;
Tantôt , fleuve majestueux ,
Entre des bords fleuris il promène son onde ;
Ruisseau limpide , avec lenteur
Il coule , et de ses bords caresse la verdure ;
Léger zéphir , de fleur en fleur
Il vole , et soupire , et murmure.

Mais quel spectacle a frappé mes regards ?
D'heureux rivaux quelle foule brillante ,
A ses maîtres fameux que son audace enchante ,
Dispute la palme des arts ?
Honneur des rives de la Seine ,
Salut , augustes demi-Dieux ;
Vous , du Pinde français , maîtres harmonieux ,
Vous par qui ma patrie est rivale d'Athène !...

Chantre immortel des Héros et des Rois ,
La lyre en main , levant un front superbe ,
Le premier tu parais , noble et sage Malherbe !

L'enthousiasme aveugle a reconnu tes lois ;
Aux règles du devoir nos muses effrénées,
Par tes savans accords à la fin ramenées,
Sur ta voix fière et tendre ont modulé leurs voix.

Poursuis : la gloire attend et ses palmes sont prêtes.
      Soit que ton vers audacieux
Accompagne aux combats un Roi victorieux,
De l'hydre des partis foudroyant les cent têtes ;
Soit que de ton Héros célébrant le retour,
      Ta muse, ornement de ses fêtes,
Entrelace au laurier les myrtes de l'amour ;
Soit que du sein des jeux ramenée aux batailles,
Elle dise de Mars l'homicide fureur,
      Le rebelle dompté, ses vastes funérailles,
      Le sang, le carnage, l'horreur ;
      Que des Français elle chante le père,
Ou des droits violés l'indomptable vengeur,
A son vaste pouvoir mesurant sa colère,
      Et tel qu'un fleuve destructeur,
      Grossi des flots d'un long orage,
      Au milieu des champs qu'il ravage,
      Roulant le deuil et la terreur ;
Quels sublimes accens ! quel essor, ô Malherbe !
D'un père qui gémit, tendre consolateur,
      Quelle grâce, quelle douceur,
      Alors que ta lyre superbe
      S'abaisse au ton de la douleur !

      Mais quelle grande ombre s'avance
      Et lève un front si radieux ?

8

Quel essor ! jusques dans les cieux
D'un vol rapide elle s'élance !
L'Empirée est ouvert ; le Dieu vainqueur des Dieux
Sur son trône éternel se découvre à mes yeux,
La terre s'humilie, et le ciel en silence
Écoute de Sion le luth religieux.

O de l'envie innocente victime,
Rousseau, Rousseau, chantre sublime,
Qu'elle courba trente ans sous le poids du malheur ;
Des siècles désormais tu recueilles l'hommage,
Ta gloire s'accroît d'âge en âge,
Le temps ajoute à sa splendeur.

Rival du chantre de l'Alphée,
D'un Héros adoré déplorant le trépas,
Au nouveau demi-Dieu dresse-tu le trophée
Que les temps ennemis ne renverseront pas ?
D'une fausse grandeur dévoilant la bassesse,
Brises-tu ses honteux autels ?
Vengeur de la raison, à l'austère sagesse
Prêtes-tu de ta voix les accens immortels ?
Célèbres-tu l'amour et son brûlant délire,
Amimone, Circé, Vénus et ses langueurs,
Et ses transports et ses fureurs ?
Un Dieu lui-même, un Dieu t'inspire !

Digne de toi, ton disciple fameux,
Lefranc te suit dans la carrière,
Lefranc dont la voix douce et fière
Répéta de Sion les cantiques pompeux :
Le Brun, le fier Le Brun..... Mais déjà de la lyre

Se perdent dans les airs les sons harmonieux;

      Ainsi de l'onde et du zéphire,

      Au sein des bois silencieux,

      Le murmure mélodieux

      Doucement s'affaiblit, expire.

Tout s'éloigne, tout fuit; les vents séditieux

Dans les airs ébranlés se déclarent la guerre,

      Le ciel fait gronder son tonnerre,

      L'Élysée échappe à mes yeux :

      Prêtres sacrés de Polymnie,

      Salut, augustes demi-Dieux !

      Honneur, honneur, gloire au génie !!!

NOTES.

Page 53 , vers 23 : *Le feu léger, rapide, etc.*

Ce passage est librement imité d'Ovide. Voici le texte :

  « Ignea convexi vis et sine pondere cœli

  » Emicuit , summâque locum sibi legit in arce.

  » Proximus est aer illi levitate locoque ;

  » Densior his tellus , elementaque grandia traxit ,

  » Et pressa est gravitate sui : circumfluus humor ,

  » Ultima possedit , solidumque coercuit orbem. »

Page 54 , vers 15 : *Trois fois sur Pélion , etc.*

Imitation libre de ces beaux vers de Virgile :

  « Ter sunt conati imponere Pelio Ossam , etc. »

Page 54 , vers 29 : *Poursuit-il les tyrans ? etc.*

L'admiration a consacré les talens d'Alcée en lui mettant un plectre d'or dans les mains. Ceux de ses ouvrages où il attaque la tyrannie l'ont rendu digne de cet honneur. (*Quint.*)

  « Alcée s'élève presque à la hauteur d'Homère lorsqu'il s'agit de » décrire des combats et d'épouvanter un tyran. » (*Voyage d'Anacharsis.*)

Page 55 , vers 3 : *Enflé des tributs de l'orage , etc.*

Imitation de ces vers d'Horace :

  « Monte decurrens velut amnis , imbres

  » Quem super notas aluêre ripas ,

  « Fervet , immensusque ruit profundo

    » Pindarus ore etc. »

Au moment où j'écris ces notes, j'ouvre Le Brun , et je remarque dans sa traduction de l'Ode *Pindarum quisquis , etc.*, les vers suivans :

  » Tel Pindare échappé d'une source profonde

     » Bouillonne , écume , gronde ,

  » Roule , immense , à nos yeux éperdus et charmés. »

Le premier de ces trois vers semble m'avoir fourni celui-ci :

  » Tel Pindare échappé d'une profonde source....»

Je ne songeais pourtant point à la traduction de Le Brun lorsque je composai la stance dont il s'agit.

Page 55, vers 17 : *Tout Mars est dans son âme*, etc.

« Tyrtæusque mares animos ad Martia bella versibus exacuit. »
(*Hor.*)

Page 56, vers 28 : *Le premier tu parais, noble et sage Malherbe*, etc.

Allusion à ces beaux vers de Boileau :

> « Enfin Malherbe vint, et le premier en France,
> » Fit sentir dans les vers une juste cadence,
> » D'un mot mis en sa place enseigna le pouvoir,
> » Et réduisit la muse aux règles du devoir. »

Page 57, vers 18 : *A son vaste pouvoir mesurant sa colère*, etc.

Allusion à ces fameuses strophes de Malherbe :

> « Tel qu'à vagues épandues
> » Marche un fleuve impérieux, etc. »

Tout le reste du poëme est plein d'allusions qu'il n'est pas besoin d'indiquer.

A M. de Labouïsse, en lui envoyant mes pastorales.

———

De l'heureuse et simple innocence
Ma main novice a crayonné les traits ;
J'ai peint quelques vertus ,... et la reconnaissance
Offre aux vertus l'hommage des portraits.
J'ai peint des épouses fidèles ,
De vrais amis , des cœurs constans ;
De bons pères , d'heureux enfans ,...
On verra chez vous les modèles.

———

Pour le Portrait de V....

———

Élève ingénieux d'Horace ,
L'étude enchanta son loisir ;
Pour Aspasie , il polit avec grâce
Des vers brûlans que dictait le désir ;
Il sut aimer , plaire , jouir ,
Cueillir les roses du Parnasse ,
Trouver la gloire et le plaisir.

Pour grossir un peu le recueil, et surtout pour consulter le goût des amateurs à qui je le présente, j'ajoute ici deux lettres mêlées de vers. Je me suis souvent exercé dans ce genre facile ; si mon premier essai peut plaire, je donnerai un jour avec d'autres ouvrages plus importans, une suite de morceaux de cette espèce.

---

*A M. G **, en lui envoyant mes Idylles.*

Monsieur, je vous adresse les premiers essais de ma plume ; j'hésitais à vous les offrir. Un littérateur distingué, votre ami M. de ****, qui est aussi le mien, et qui a pour moi beaucoup d'indulgence, m'a assuré que je n'en trouverais pas moins chez vous ; j'ai donc appelé ma Muse et je lui ai dit :

« Muse naïve, innocente bergère,
» Prends aujourd'hui tes plus charmans atours ;
   » Aux pieds du chantre des amours
» Va déposer ma guirlande légère,
» Et tu diras : Un timide pasteur
    » T'adresse en tremblant cet hommage ;
» Quelquefois, dans nos jeux, aux Nymphes du bocage ;
» Il répéta ces vers où respire ton cœur,
» Ces vers que pour Delie, au matin de ton âge,
» Vint te dicter l'amour..... Quelle molle douceur !
   » Le bruit léger du mobile feuillage,
» De l'oiseau du printemps l'harmonieux ramage,
» De l'onde et du zéphir le murmure flatteur
» Nous plaisent bien !... Tes vers nous plaisent davantage.
   » Simple, sans art, comme on l'est au village,
   » Nous t'apportons en tribut une fleur. »

Recevez-la, Monsieur, et recevez aussi les assurances de mon profond respect.

FRAGMENT.

A M. de St.-Malo jeune, (alors dans les Hautes-Pyrénées.)

Enfin, mon cher Monsieur, voilà une de vos lettres; il était bien temps que je reçusse quelque chose de vous. Après six mois de silence, il était temps que vous nous donnassiez quelque signe de vie.

Je vous ai lu, il faut que je vous gronde. Pourquoi votre lettre n'est-elle pas accompagnée d'une jolie idylle, de quelques jolis vers? Est-ce que vous n'en faites plus? Avez-vous dit adieu aux Muses qui vous ont si bien traité ?...

> Du Dieu charmant qui vous inspire
> Avez-vous déserté la cour ?...
> Voyez le printemps de retour ;
> L'aquilon fuit, et le zéphire
> Seul dans les airs règne à son tour ;
> Tout s'émeut, s'enflamme, soupire,
> Tout rit de bonheur et d'amour.
> D'amour au bord de nos fontaines
> Je vois bondir le jeune agneau ;
> D'amour dans les forêts lointaines
> Mugit le sauvage taureau ;
> Le jour, la nuit, sur son rameau,
> Chantant son amour ou ses peines,
> Philomelle attendrit l'écho,
> Et les accens du chalumeau
> Résonnent au loin dans les plaines.

Jouets d'un vent léger, nos tendres arbrisseaux
Livrent leur chevelure à ses douces haleines;
    Les fleurs émaillent nos coteaux,
    En murmurant s'égarent nos ruisseaux,
Et le fleuve orgueilleux, libre enfin de ses chaînes,
Porte en grondant aux mers ses turbulentes eaux.
    Des cris joyeux, du chant des matelots
Le rivage est frappé; les immenses carènes
    Ont retenti sous les pesans marteaux;
    Le nautonnier, lassé d'un long repos,
        S'élance aux dangers, aux travaux;
Il vole impatient vers des rives lointaines,
Cherche de nouveaux cieux et des trésors nouveaux.

Et vous restez muet au milieu de ce mouvement général,
au milieu de ce doux tumulte? vous restez muet, vous que
tout favorise, vous que tout devrait inspirer, vous que
la fortune a placé sous le ciel le plus beau, dans les plus
belles campagnes, au milieu d'un peuple aimable, indus-
trieux, spirituel, au milieu des sites les plus riches, les
plus variés, les plus pittoresques?...

Muet, vous contemplez ce spectacle pompeux,
Ce Gave étincelant, ses courses vagabondes,
    Et le long courroux de ses ondes,
    Et leur calme majestueux;...
Ces géans des forêts, ces pins audacieux,
Vainqueurs de mille hivers et de mille tempêtes,
Défiant l'aquilon, fiers de voir sur leurs têtes
Du monarque du jour naître et mourir les feux;
Ces sauvages rochers portant au ciel leurs cimes,

Colosses éternels, s'ouvrant en noirs abîmes,
Précipices sans fond, d'où la pâle terreur
Monte et poursuit les pas du tremblant voyageur ;...
Ces gazons, ces tapis d'éternelle verdure,
     Ces longs berceaux pleins d'ombre et de fraîcheur,
Ces jardins enchantés, ce ciel, cette nature,
Grande, belle, riante, ou sublime d'horreur ?....
Oh ! que ne puis-je errer dans ce désert immense,
Gravir de vos rochers l'imposante hauteur,
Majestueux autel, où du Dieu créateur
     Ma voix chanterait la puissance !...
Je crois voir sous mes pieds le flot dévastateur
Jaillir du roc brisé ; mugissant, il s'élance,
Roule,... et faible ruisseau qu'étrécit la distance
     Échappe à l'œil observateur !...
J'écoute le fracas, j'écoute le silence,
Je monte, je descends ; mon regard curieux
Poursuit des longs vallons les détours sinueux,
Partout, à chaque instant, nouvelle jouissance ;
Là, des monts escarpés le colosse orgueilleux,
Là, des noires forêts la sauvage opulence,
Là, d'un nouvel Eden l'aspect délicieux,
     Sa jeune et puissante abondance
     Enchantent mon cœur et mes yeux !

    Quels touchans souvenirs ici tout me rappelle !
Du plus grand des Henri l'ombre plane en ces lieux,
Contemple avec amour, protége de son aile
     Ce doux théâtre de ses jeux ;
Je vois Henri couvert de sa gloire immortelle,
Opposant les bienfaits à la haine cruelle,

Vrai chevalier, sensible troubadour ;
Je redis ses exploits, sa bonté paternelle,
 Je redis sa chanson d'amour,
 Et du doux nom de Gabrielle
Je frappe les échos endormis à l'entour.

Mais, hélas, tout n'est ici que rêverie ; je ne vis jamais,
je ne verrai jamais peut-être ces beaux lieux que vous habitez. Faites-nous-en donc la peinture, hâtez-vous, nous
attendons.....

Nouveaux reproches. Pourquoi, en me demandant des
nouvelles littéraires, ne m'en donnez-vous pas vous-même
de pareilles du pays que vous habitez ?... Je vous en donnerai du nôtre, mais je vous en avertis, c'est à charge
de retour . . . .
. . . .
. . . .

———

Nota. M. de St.-Malo répondit à mon épître par une pièce des plus
gracieuses ; il chanta le *Réveil de la Nature*, et ce morceau charmant
fut inséré dans les ÉTRENNES.

———

TABLE DES MATIÈRES.

www.ingramcontent.com/pod-product-compliance
Lightning Source LLC
Chambersburg PA
CBHW060757180626
46818CB00002B/597